# 회사가
# 싫어서

# 회사가 싫어서

너구리 글 · 김혜령 그림

시공사

2013년 끝자락. 나는 마지막 기말고사를 치르자마자 취업에 성공했다. 하지만 기대하고 고대했던 '직장인'으로서의 삶은 입사 일주일 만에 '밥벌이의 공포'로 다가왔고, 입사 한 달 만에 나의 목표는 '퇴직금 받고 퇴사하기'가 되어버렸다.

수많은 고비를 겨우 넘겨 1년 1개월을 꽉 채운 겨울의 어느 날, 나는 드디어 꿈을 이뤘다. 그러나 무엇을 하든, 처음은 미숙한 법이라 했던가. 꿈을 이룸과 동시에 시작된 내 인생의 첫 번째 백수 생활 역시 그러했다. 나는 자발적 백수의 삶을 즐기기는커녕 불안함을 온몸으로 껴안고 살았다. 불안함을 달래기 위해 독서실을 끊고, 필요도 없는 토익 점수를 만들기 위해 부단히 애를 쓰며 그 시기를 보냈다. 다시는 오지 않을 스물여섯 살의 젊음과 빵빵했던 통장 잔액, 온전히 내 것이었던 5개월의 시간을 그렇게 미숙하게 보내고 말았다.

'아, 일하고 싶다'라는 생각이 들 때쯤 나는 두 번째 회사

에 입사했다. 스트레스와 만성피로를 묵묵히 겪어내며,
한 달에 한 번 있는 월급만을 기다리며 직장 생활을 이어
나갔다. 그렇게 두 번의 입사와 퇴사를 겪으며 나는 당
시의 기억과 기분을 틈틈이 노트에 적었고, 그 글을 엮어
《회사가 싫어서》라는 제목의 독립 출판물을 만들었다.
지극히 개인적인 나의 지난 시간들이 책이 된 것도 좋았
지만 그 책이 내 발길이 닿지 못한 곳까지 가서 사람들과
함께 웃고 서로 위로를 주고받는 모습을 지켜보는 것은
실로 멋진 일이었다. 그리고 그 뜨거운 반응 덕에 《회사
가 싫어서》는 이렇게 정식 출간을 눈앞에 두게 되었다.

밥벌이의 시간을 기록한 이 글이 나에게, 어디선가 나와
같은 시간을 버텨내고 있을 당신에게 찰나의 위로가 되
길 바란다.

1장 흔한 직장인의 이야기

## 2장 미생은 오늘도 흔들리고

# 3장 정녕 이길이 내길인가

## 4장 퇴사, 드디어 카운트다운

## 5장 또다시 백수 라이프

우리 약속 하나 해요.
각자 싼 똥은 각자 치우기로.

# 1
## 장

사장님 히스테리 일백번 참고참아
오늘도 일편단심 월급날 기다리네
소처럼 일했구나 월급은 쥐꼬린데
미생은 기다린다 쥐꼬리 월급날만

# 흔한

# 직장인의

# 이 야 기

# 욕이
# 는다

"야! 너 이걸 왜 이렇게 했어! 어?"
"네?"
"아 씨, 이걸 이렇게 보내면 어떡하냐고."
"어떤 거요?"
"이거 말이야! 업체에 이렇게 보내면 어떻게 해!
아오, 진짜."

잠시 후.

"팀장님, 저 이 서류 처음 보는데요?"
"야, 네가 어제 해놓고 모른다는 게 말이 돼?"
"저 어제 연차였어요."
"아, 맞다. 이거 OO이가 했지."

씨뻬뻬뻬뻬.
저 XXXXXXX.

오늘도 욕이 는다.

# 이영애
# 사장님

영애 씨가 낙원사에서 일하다가
이영애디자인의 사장이 되었다.

그녀가 사장으로서 마주하는
상황과 감정 들을 지켜보자니
순간 가슴이 찌릿했다.

'아, 사장의 마음은 저런 거구나.'
'너무 나만 생각하지 말아야지.'

다음 날,
불같은 우리 사장님을 마주하고 나니
이런 생각이 들었다.

'아! 우리 사장님은
영애 씨처럼 따뜻한 사람이 아니었지.'

그래, 나만 생각하자.

# 책상

미드나 영화를 보면,
블로그나 기사를 보면
사랑하는 사람의 사진도 올려놓고
작은 식물도 키우는,
애정을 갖고 한껏 꾸며놓은 책상들을
심심치 않게 볼 수 있다.

하지만 내 마음은 이미 떠났고
언제 몸도 떠날지 모르는 이곳에
애정을 쏟고 싶지는 않다.

업무 외 개인적인 물건은
하나도 없는 내 책상.

# 팀장님

오래 보면 진짜 싫다.
자세히 보면 미치겠다.
팀장님 또한 그러하다.

# 정신력

출근길에 기침하다가 허리를 삐끗했다.

주저앉지도, 한 걸음 내딛지도 못할 정도였지만
나는 집이 아닌 회사로 꾸역꾸역 향했다.

아파 쓰러지는 한이 있더라도
회사에서 쓰러져야겠다고 생각했다.

일에 대한 열정과 책임감 때문이 아닌
내가 회사에 왔음을
상사에게 확인시켜줘야 한다는 마음에.

# 묻지도,
# 따지지도 말고

"바쁘지?"

"네."

"이것 좀 해줘."

에라잇!

# 버틸 수 있는
# 힘

전 직장에서 오랜만에 걸려온 전화.

"잘 지내냐?"
"일은 어때?"
"지금 하는 일이 안 맞으면 언제든 돌아와."

다시 돌아갈 마음은 없지만
당분간 버텨낼 힘을 얻는다.

# 스트레스

그대가 나의 이름을 불러주기 전에는
나는 다만
평온한 직원에 지나지 않았다.

그대가 나의 이름을 불러주었을 때
그대는 나에게로 와서
스트레스를 주었다.

당신이 나의 이름을 불러준 것처럼
나의 이 스트레스와 짜증에 알맞은
감정을 누가 대신 전해주오.
당신에게로 가서 나도
당신에게 스트레스를 주고 싶다.

우리들은 모두
스트레스를 되돌려주고 싶다.
나는 팀장님에게 팀장님은 부장님에게
잊혀지지 않는 거대한 스트레스를 주고 싶다.

# 출근길
# 지하철

출근길, 지하철에
서 있는 사람들.

축 처진 어깨,
생기 없는 표정.

그런데도
저들이 멋있어 보인다.

# '일'을 꿈꾸는
# 사람

오랜만에 집에서 보내는 금요일 저녁,
거실에 늘어져서 〈꽃보다 청춘〉을 본다.

꿈이 뭐냐는 질문에
출연자들이 제각기 답을 하는데
정상훈 씨의 대답이 잊히지 않는다.

"형은 꿈이 뭐예요?"
"연기 잘하는 배우가 되는 거."

'배우'는 '직업'인데,
그에게 '일'이란 곧 '연기'일 텐데,
그는 '일 잘하는 사람'이 되는 게 꿈이라고 한다.

'일'을 꿈꾸며 사는 그의 대답이
매일 사직서를 만지작거리는 나에게
계속 머문다.

# WINNER

친구들과 모이면
상사 이야기가 화두에 오를 때가 있다.

그러면 각자 자기 상사의 만행을
앞다투어 뱉어내는데,
입만 떼면 대부분 내가 승자가 되곤 했다.

"야, 너희 팀장은 최악이다."
"너희 부장은 진짜 답이 없네."

에잇, 젠장.
좋은 일이 아닌데.

저… 부장님. 그게…
지금 360원 주셨는데요.

김 주임,
이걸로 단팥빵 세 개,
바나나우유 다섯 개,
고로케도 네 개 부탁하네.

알고 있네.

예?

# 주말
# 출근

금요일 오후.

"이번 주말에 출근하면
맛있는 거 사줄게."

주말 점심시간, 보쌈집.

"뭐 먹을래?
육개장? 추어탕?"

에라, 이 좀스러운 팀장아!
주말에 일 시키면 돈 줘야 하고
보쌈집에서는 보쌈 사주는 거다.

# 1년 전 회식
## vs.
# 1년 후 회식


입사 초기, 우리 부장님의 회식 레퍼토리.

"내 새끼들은 내가 책임져."
"나만 믿고 따라와."

입사 1년 후, 우리 부장님의 회식 레퍼토리.

"회사는 너희를 책임지지 않아."
"회사에 있는 동안 역량 쌓고
틈틈이 자기 계발 해야 해!"

부장님,
우리 그냥 각자 열심히 살아요.
나 하나도 버거운 세상이잖아요.
책임을 바란 적 없어요.
처음부터 부장님의 말 믿지 않았어요.

# 직장인이 되고
# 바뀐 것

하나. '내가 좀 손해 보고 말지'라는 생각으로 살아왔지만
회사에서 손해 보고 산다는 건
곧 호구 인증이라는 것을 뼈아프게 느끼고
회사에서만큼은 할 말을 하게 되었다.

둘. 나는 '사람이 먼저다'라고 생각했지만
회사에서는 일이 먼저였다.
언제부턴가 나도 상사·동료 들을
일 잘하는 사람·일 못하는 사람으로 구분한다.

# 팀장님은
# 대학생

우리 팀장님은 오후 3시 반에 출근한다.
점심 먹고 꼬박 두 시간을 잔다.
무단결근도 한다.
참 대학생처럼 젊게 산다.


요즘은 취업난이 심각해서
대학생들도 치열하게 산다는데…….

# 호구

단 하루도 쉬지 못하고
2주째 출근을 한다.

일요일 밤 10시,
주말 야근 중인 지금
문득 드는 생각.

난 지금까지
밤낮없이 열심히 일한
성실한 사원이 아니라
그냥 호구였다.

호구였다.

나는! 호구다!
내애애애애애가아!
우주 제일 호구다아아아아아!

호구다!
호구다!

-회사의 옥상에서 호구를 외치다

# 학원

암묵적으로는 알고 있다.
우리가 함께하고 있는 이곳이
종착지는 아니라는 걸.

그렇기에 퇴근 후
저마다 학원을 기웃거린다.

# 진작
# 말해주지

독감에 걸려 하루를 쉬었다.
다음 날.

"연차 하루 더 쓰지 왜 나왔어?"

그걸 왜 오늘 말해주세요?
어제 말해주시지.

# 내 목소리를
# 낸다는 것

불합리한 조건을 제시하며
무조건 따르라는 잔인한 회사.

이번에도 내 목소리를 내지 않는다면
앞으로 살면서 마주할
불합리한 상황들에 져버릴 것 같았다.

"저 못 하겠습니다."

그제야 회사는 다급하게 말한다.

"돈 줄게."

바로 들통나버리는
회사의 지질함이 가소롭다.

그리고 내 목소리를 내고 살아야 한다는 걸
다시 한 번 배운다.

# 비교

미우나 고우나
내 책상, 내 자리.

다른 회사와
비교하지 말 것.

비교하는 순간
내가 지는 게임.

# 퇴근

혼자서는 못 보낸다며
함께 가야 한다고 한다.

하지만 혼자서라도 가야 한다.
함께여서는 못 간다.

# 부장님의
# 책상

부장님의 책상에는
《좋은 리더십》,《조직 관리》 등
많은 책이 꽂혀 있다.

부장님 출근 전 몰래 책을 펼쳐봤는데
밑줄과 별표가 가득.
그런데…… 왜 여전하신 걸까?

## 부장님과
## 아빠 사이

부장님이 딸과 함께 회사에 왔다.

나에겐 무정하고 좀스럽고 얄미운 부장님이었는데
그런 부장님도 누군가의 아빠라는 사실에
새삼 마음이 찡해지려는 찰나,
남의 집 귀한 딸 마음에 대못 박고 상처 줬던
부장님의 말들이 떠오른다.

어쩔 수 없다.
나에게 부장님은 그냥 무정한 상사일 뿐이다.

# 설렘

일요일 밤,
설레서 잠이 오지 않는다.

편한 마음으로 좋은 꿈 꾸고
내일 여유 있게 정시에 출근해야지.

금요일까지 팀장님 휴가다!

# 전설의
# 서 사원

본인 잘못을 애먼 사람에게 떠넘기지 말라며
팀장님과 싸워 이긴 전설의 서 사원.

지금 말실수하셨다며
부장님에게 사과를 받아낸 전설의 서 사원.

사장님이 잔뜩 화나 고함을 쳐도
주눅 들지 않고 웃으며 대답한 전설의 서 사원.

어디 있니?
돌아와, 서 사원!

# 출장
# 가는 길

"오랜만에 바람 쐬고 좋지?"

좋겠어요?

영원한 출장을 떠나자.
회사야, 바이바이,
짜이젠, 사요나라.

기사님, 회사에서 최대한 멀리 가주세요.
회사가 점처럼 보일 때까지.

# 뭐 하는
# 회사야

"이 부분 서체는 맑은고딕 볼드로."
"이 부분 행간은 더 넓게."
"이 부분 자간은 좀 좁게."
"이 부분 글씨 크기는 14포인트."
"이 부분 가운데 정렬."
"이 부분 왼쪽 정렬."

잠깐.
우리 회사가 출판사였나?

# 왜
# 나한테

또 깨지고 오셨다.

미운 상사지만
만날 깨지는 모습을 보니
괜히 마음이 안 좋다.

그렇게 생각했는데……
그 화풀이를 나한테 한다.

아오.

# 점집
## 투어 1

전 회사에서 퇴사를 꿈꿨을 때
찾아간 역곡 점집.

"당장 퇴사하고 공부해."
"공부요? 설마 대학원에 가라는 건가요?"
"그래! 넌 공부해야 해!"

졸업한 지 1년도 안 됐는데 또 공부라니.
차라리 회사를 다니고 말지.
내가 어떻게 졸업했는데!

# 우리 서로
# 힘들게 하지 말아요

부장님과 외근길.
생활비와 애들 교육비 때문에 허리가 휜다며
차 안에서 "죽겠다"만 연발하신다.

부장님, 저도요.
결혼은커녕 모아둔 돈도 없는데
쥐꼬리만 한 월급 때문에 허리가 휘네요.

부장님이나 저나 죽겠다 하는 처지에
우리 서로 힘들게 하지 말아요.

# 말이야
# 방귀야


"왜 바쁠 때 아프고 그래?"

아픈 것도 골라서 아파요?

## 점집
## 투어 2

지금 회사에 다니기 전
백수의 신분으로 찾아간 역삼 점집.

먼저 다녀온 친구가
울며 나올 정도로 용한 곳이었는데
아니나 다를까,
내 생년월일을 말하기도 전에
다짜고짜 이런다.

"일 그만둔 지 얼마 안 됐네?
잘 그만뒀어.
세 사람이 해야 할 일을 혼자 다 했네.
더 있었으면 싸우고 나왔어."

수백 번 고민하고 수천 번 참다가 퇴사했지만
'그래도 내가 잘한 걸까?' 싶었는데
잘 그만뒀다는 말에
불안했던 백수는 위로를 얻는다.

# 회사원의
# 복수

하나. 친구, 가족 들에게
출력할 거 없냐고 물어본다.
이면지가 아닌 빳빳한 새 종이에
컬러로 프린트한다.

둘. 포스트잇과 기타 문구류를
가방에 챙긴다.

사장님, 퉁 쳐요.
주말 수당, 야근 수당 안 주시잖아요.

1. 회사 볼펜을 동시에
   여러 자루 잡고 펜 아트를
   그려보아요. EQ가 쑥쑥!

2. 회사 이면지로 비행기를
   곱게 접어 갈퇴를 향한
   꿈과 희망을 담아 날려보아요.

3. 회사 포스트잇을 얼굴에 붙여
   출근과 동시에 굳은 얼굴을
   페이스 요가로 풀어보아요.

4. 회사 복사기에 얼굴을 대고
   색다른 셀카를 찍어보아요.

# 안 돼요

이대로는 안 돼요.
이렇게는 안 돼요.

바꿔야죠.
올라야죠.

내 월급.

# 불새

팀장님.
어디서 타는 냄새 안 나요?

팀장님 때문에
제 속에서 천불이 나고 있잖아요.

# 다음에
# 백수가 된다면

첫 번째 회사를 퇴사할 당시
'이제는 정말 좋아하는 일,
해보고 싶은 일을 해야지'라고 마음먹었지만
마음속의 조급함과 불안함 때문에 결국
"출근하세요"라고 말한 회사에
입사하고 말았다.

나는 덜 조급해했어야 했고
덜 불안해했어야 했다.

내가 또 백수가 된다면
시간이 오래 걸리더라도
쫓기는 마음이 아닌
설레는 마음으로 일을 찾아야지.

# 점집
# 투어 3

퇴사 욕구가 정점을 찍은 날,
용하다는 연신내 점집을 찾았다.

"지금 그만두면 3개월 동안
백수로만 지낼 거야. 올해는 넘겨."

퇴사하려고 완벽한 계획을 세워놨는데
전혀 다른 답을 주니
괜히 마음도 상하고 돈도 아까워진다.

용한 거 맞아?
사직서 다 써놨는데 어쩌지?

# 퇴근 후에는
# 제발

퇴근 후에는,
주말에는 제발 나한테
전화 좀 안 했으면 좋겠다.

할부로 산
100만 원짜리 휴대전화를
자꾸 던져버리고 싶다.

부장님은 가족 같은 분이셔서 그런지
주말에 유독 전화를 많이 하시네.

부장님은 바보야.
주말에도, 퇴근 후에도
나만 찾는 바보.

# 엘리베이터

오전 8시 55분.
엘리베이터 문이 닫히려는데
저 멀리 보이는 팀장님.

누구보다 재빠르게
닫힘 버튼을 눌렀다.

# 시간의 힘

밥벌이 3년 차.
열심히 했는데 내게 돌아오는 소리란 고작
"다시 해. 갈 길 멀다."

의욕도 바닥이고
자꾸 눈이 딴 곳으로 돌아가지만
마음을 다잡고 서류를 작성한다.

'일하다 보면
이런 날도 있고 저런 날도 있는 거지.
오늘이 이런 날이었을 뿐.'

사회 초년생 때보다 단단해진 멘탈.
이것이 바로 시간의 힘.

# 점집
## 투어 4

한곳에 오래 머무르지 못하고
자꾸 뛰쳐나가려는 내가 싫어
답답한 마음에 또 점을 보러 갔다.

"사주에 직업 운이 많아서 그래.
마음 편히 먹고, 불안해하지 말고
이것저것 다 해보면서 살아.
그게 밑거름이 되어
결국에는 다 잘될 테니."

스물일곱 해 동안 모르고 있었던
엄청난 비밀을 알게 된 느낌.

3년 동안 끙끙 앓던 고민이
한순간에 풀렸다.

# 싱숭
# 생숭

옆자리 동료가
회사를 그만둔다고 한다.

'그럼 저 일,
이제 내가 해야 하잖아!'

떠나는 동료의 빈자리.
남겨진 동료의 일거리.

싱숭생숭.

# 2
## 장

사표내고 나가려니 실업률이 어마어마
버티면서 다니자니 원형탈모 생기겠다
감절하려 나뽑았나 정안되면 내보내라
내발로는 아니로다 실업급여 누리리라

미 생 은

오 늘 도

흔들리고

# 허들

뭘 자꾸 그냥 넘어가라는 건지.

뭘 자꾸 이번만 넘어가라는 건지.

회사가 허들도 아니고.

# 우리의
# 소원

부장님의 소원은
갈빗집을 차리는 것.

팀장님의 소원은
공무원이 되는 것.

과장님의 소원은
그냥 회사를 때려치우는 것.

대리님의 소원은
어디든 이직을 하는 것.

회의 시간에 느낄 수 없었던
같은 그림과 방향.

우리의 소원은
회사를 떠나는 것.

# 몸에게
# 바란다

주말에 아프지 마라.
아픈 건 회사에서만.

이따금 한 번씩 쓰러져줘라.
이것도 회사에서만.

한 달에 한 번은 코피 좀.
티 나게 보고서에 선명히.
회의 중 쌍코피도 괜찮다.

토요일

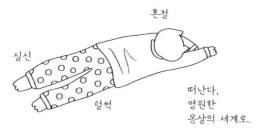

혼절

실신

떨썩

떠난다,
영원한
몸살의 세계로.

월요일

출근 전에
말끔히 낫기 있냐?
어제는 거의 입원할
각이었는데?

그 어느 때보다
윤기가 돈다.
이 미친 인체 시스템.

# 단 하나의
# 물음

주어진 일에 대한
수많은 물음을 뒤로하고
단 하나의 물음에만
집중하고 있다.

월급날이 며칠 남았지?

# 주말
# 출근

"하루니까 괜찮잖아."

내가 안 괜찮은데
도대체 뭐가 괜찮다는 거야.

# 생각은
# 셀프

"회사를 위해서 뭘 할 수 있을지
항상 생각해봐."

부장님, 직원을 위해서 뭘 할 수 있을지
항상 생각해보라고 안 할 테니
우리 그냥 생각은 셀프로 해요.

# 담배에 대한
# 궁금증

하나. 팀장님은 도대체 담배 태우느라
하루에 몇 시간 동안 나갔다 오는 걸까?

둘. 내 남자가 담배 태울 때는 냄새도 안 나고
가끔은 그 모습이 영화의 한 장면 같던데,
왜 팀장님의 담배 냄새는 두통을 유발할까?
아무리 생각해도 아이러니.

# 뭐가
# 두려운 걸까

참 싫지만 내려놓기 아쉬운 '직장인'이라는 타이틀.
적지만 매달 들어오는 일정한 금액의 돈.

딱 이 두 가지,
이 두 가지를 양손에 하나씩 움켜쥐고 있으니
결국 제자리일 수밖에.

다른 걸 움켜쥐고 싶은데,
하다못해 만져보기라도 하고 싶은데,
당장 먹고살 돈이 없어 굶어 죽을 리도 없는 상황에서
난 뭐가 그리 두려운 걸까?

오늘은 월급날.
내일은 월세 내는 날.
모레는 카드값 나가는 날.
글피는 휴대전화 요금 나가는 날.
비움의 미학 한번 제대로 실천 중이구나.

안 그래도 모자란
점심시간 아껴야
겨우겨우 바깥바람
한번 쐬는 신세라니.
확 때려치울까, 진짜?

그래도 역시 다녀야겠지, 회사….

# 워크숍에
# 빠지는 방법

"다음 주 금·토 워크숍 잡혔으니까
우리 부서는 한 명도 빠짐없이 참석한다."

나의 황금 같은 토요일을 빼앗으려 하다니.
우리 의사는 묻지도 않고 무조건 가야 한다니.
말이 좋아 워크숍이지 그냥 밤새 술 마시는 건데.

순간 내 머릿속을 스친 기사 제목.

'명절 증후군으로 인해 가짜 깁스 유행'

회사 책상 아래로 휴대전화 터치.
11번가 접속.
가짜 팔 깁스 주문 완료.

# 워크숍
# 당일

"야, 너 손이 왜 그래?"

"아, 저 밤에 친구들이랑 놀다가 다쳤어요.
지금도 병원에 있어야 하는데
전화로 말씀드리는 건 아닌 것 같아서……."

"심한 건 아니지? 그래도 워크숍은 가자."

"팔이 이래서요. 이번만 빠질게요."

"……휴, 알았어."

배우 뺨치는 연기와
가짜 깁스의 활약으로 워크숍 PASS!

그리고 난 아침마다 가짜 깁스 착용하느라
2주 동안 10분씩 일찍 일어나야 했다.

# 다 그렇게
# 배우는 거죠, 뭐

팀장님이 끙끙거리며 업무와 씨름 중이다.
가만 보니 내가 전 직장에서 해봤던 업무다.
얼굴이 뻘겋게 달아올라
씩씩거리고 있는 팀장님이 안쓰러웠다.

그래서 난 아무 말도 하지 않았다.
모름지기 일은 스스로 깨우쳐야 한다는
팀장님의 가르침을 따르기로 했다.

팀장님, 힘내세요.
다 그렇게 배우는 거죠, 뭐.

성장하고 있는 팀장님을 보니
괜히 기분이 좋다.
엄청 좋다.

# 근무
# 시간은

근무시간은
내 힘으로 벌어먹어보겠다고
나를 버려가는 시간.

# 회사 불변의 법칙

하나. 다닐 만하다 싶으면
꼭 누가 건드린다.

둘. 기분 좋게 출근하면
꼭 누가 화를 낸다.

셋. 퇴근 후에 약속을 잡으면
꼭 누가 퇴근 직전에 일을 시킨다.

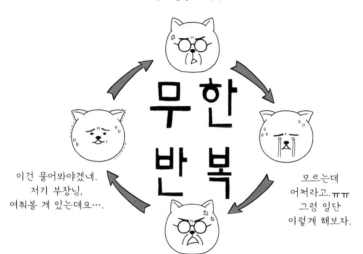

# 금요일
# 밤

금요일에서 토요일로 넘어가는 새벽,
졸린데 괜히 버틸 때가 있잖아.
자고 일어나면 토요일인데,
늘어지게 늦잠 자도 되는 토요일인데
괜히 금요일이 아까워서 버티는 거.

회사에서 졸음을 참아가며 일하는데
문득 그런 생각이 들더라고.
지금 내가 딱 그 모습인 거야.
버티고 있는 거 말이야.

빨리 이 생활을 마무리하고
새로운 삶을 시작하면 되는데,
'이렇게 끝내도 될까?' 하면서
지지부진 버티고 있더라고.

미련한 건 타고난 건가 봐.

# 욕 좀
# 해줘

"난데, 지금 바빠?"

"왜?"

"안 바쁘면 010-1234-5678
이 번호로 전화해서 욕 좀 해줘."

"누구 번호인데?"

"우리 부장님."

# 딱
# 정량만큼

기대할 것도, 더 바랄 것도 없다.
받는 만큼만, 딱 정량 지켜서
그만큼의 노동을 제공하면 그뿐이다.

쥐꼬리를 주면서
내가 소가 되기를 바라는 회사.

틈틈이 카톡과 인터넷 창 켜놓고
일하는 나.

지금 우린
딱 정량만큼 주고받는 거다.

# 간디가
# 회사원이었다면

간디가 회사원이었다면

"팀장은 미워하되
업무는 미워하지 마라"

"회사는 미워하되
월급은 미워하지 마라"

이렇게 말했겠지?

# 전생

나는 전생에
정말 한가한 백수였나 보다.

전생에 못다 한 일
이번 생에 몰아서 하는구나.

# 이러나
# 저러나

바쁠 때는 일이 너무 많아 미치겠고
한가할 때는 시간이 너무 안 가 미치겠다.

이러나저러나
회사에서 내 자리를 지킨다는 것은
미칠 노릇이다.

절반은 한 줄 알았는데
3분의 1도 못 끝냈구나.

4시쯤 된 줄 알았는데
점심 먹은 지 한 시간도 안 됐네.

# 통일
# 좀

기껏 발표 자료 만들었더니
팀장님은 고딕체로 하라 하고
부장님은 굴림체로 하라 하네.

팀장님은 글씨 크다.
부장님은 글씨 작다.

남북통일보다 시급한
서체 통일.

# 그냥
# 일

내게 주어진 일 따위,
속으로 욕 한번 하면서
적당히 끝내면 그만.

대단한 업적이 될 것도,
세상을 바꿀 것도,
회사를 성장시킬 것도 아닌
그냥 일일 뿐.

# 반전

일을 하면
통장 잔액이 늘 줄 알았는데

정작 느는 건
욕과 짜증뿐.

# 드라마처럼

사장님, 드라마 보세요?
드라마를 보면
주인공들이 싸우다가 이러잖아요.

"법대로 해, 법대로!"

우리 회사도 법대로 하면 안 되나요?
야근하면 야근 수당,
주말에 일하면 주말 수당.
법대로 좀 주면 안 되나요?

# 한 번의
# 기회

팀장님 휴가 후에
바로 휴가를 가야 한다.

열흘 이상 팀장님과
마주치지 않을 수 있는
단 한 번의 기회.

꼭 잡아야 한다.

나는 다음 주 월요일부터
금요일까지 휴가네.
자네 휴가는 그다음 주
토, 일, 월로 알겠네.
불만 없지?

…네.

볼을 타고 흐르는 것은
눈물인가.

# 간식

"아, 출출해.
김 주임, 뭐 먹을 거 없어?"

"없어요."

없긴요.
서랍 하나가 편의점인데.

# 경험의
# 양면성

1년 전에 경험해본 한 번의 백수 생활.
이미 한번 겪어봤기에
처음보다는 잘해낼 수 있을 거라는
막연한 자신감으로 두 번째 백수를 꿈꾸지만
동시에 과거의 그 경험이 자꾸 발목을 붙잡는다.

# 밀어
# 줄게

"김 주임, 내가 너 팍팍 밀어줄게.
열심히 해봐."

어쩐지.
눈앞이 낭떠러지더라.

# 시간

하루가 갔다.
왜 이리 늦게.

주말이 갔다.
뭐 이리 급히.

# 똥

우리 약속 하나 해요.
각자 싼 똥은 각자 치우기로.

회사 생활이라는 게
원래 서로서로 돕는 거지 뭐.
난 오늘 일이 좀 있어서
먼저 가볼게.

…네?

가신다고요?
이렇게 일 벌여놓으시고?

# 선택

알람 소리에 잠을 깼을 때
바로 일어날지 침대에 더 머무를지,

출근길, 파란불이 깜빡이는 횡단보도를
뛰어서 건널지 다음 신호를 기다릴지,

하루에 딱 한 번뿐인 점심으로는
김치찌개를 먹을지 제육볶음을 먹을지,

팀장님 기분이 안 좋은 것 같은데
보고서를 지금 컨펌받을지 10분 후에 받을지 등
어떻게든 선택은 필요하다.

그리고 나는 오늘 선택했다.
팀장님 치아 사이 고춧가루의 존재를 묵인하기로.

팀장님, 외근 잘 다녀오세요.

# 다 그런
# 거라면

팀장님은 이렇게 말했다.

"회사 생활이
다 그런 거다."

다 그런 거라니
미련 없이 나갈 수 있겠다.

# 일의
# 재미

"김 주임, 너는 회사에서
무슨 일 할 때가 가장 재밌어?"

팀장님이 쓴 제안서에서
오타 잡아낼 때요.

# 어떤
## 날은

어떤 날에는 '회사를 그만둬도
참 잘 지낼 수 있겠다'라는 생각이 든다.
마치 대단한 무언가를 이루어낼 수 있을 것 같은
용기도 생기면서 말이다.

그런데 또 어떤 날에는
자존감이 바닥을 쳤던 백수 생활이 떠올라
덜컥 겁이 난다.

언제 이 회사를 그만둘지는 모르지만
그때까지는 날마다 다르게 느꼈던 이 두 마음을
계속 번갈아 껴안으며 지내지 않을까 싶다.

# A.M.
# 1:30

월요일이 설레는 건 아닌데,
출근하면 잘생긴 남자 직원이
기다리고 있는 것도 아닌데,
나는 왜 지금까지 잠을 못 자고 있는 거지?

# 용기의
# 무게

회사를 떠나는 동료들의 용기도 멋있지만
회사에 남아 버티는 동료들도 멋있다.

아마 버티는 용기도
떠나는 용기와 같은 무게일 것이다.

그래도 팀장님은 좀 떠났으면 좋겠다.

# 감옥

날씨가 유난히 좋은 날에는
모니터가 아닌 창가 쪽으로 자꾸 눈이 간다.

밖의 온도는, 바람은, 햇볕은 저리도 좋은데
저 좋은 것들을 창문을 통해 느끼고 있으면
이곳이 일터가 아닌 감옥처럼 느껴진다.

계절을 온몸으로 느끼고 싶을 때
회사가 유난히 더 싫어진다.

창밖에서 보면,
우리는 그냥 수백 개의
창문 중 하나겠지.

# 여기가 학교가
# 아니라면

"여긴 학교가 아니고 회사야!
열심히 일해서는 안 돼.
성과로 보여줘야 해!"

저는 직원이지 노예가 아니에요!
시간 외 근무는 안 됩니다.
아니면 돈으로 보상하세요!

# 무책임한
# 위로

"요즘 힘들어서 그런지
다들 얼굴이 반쪽이네.
바쁜 일 끝나면 고기 먹으러 가자."

그리고 다음 주.
팀장님이 말한 고기가
닭고기일 줄이야…….

# 견디기
# 힘들 때

붐비는 출퇴근길
사람들이 지하철에서 새치기할 때.

'4시쯤 됐겠지? 두 시간만 더 버티자'라며
시계를 봤는데 아직 2시일 때.

점심시간 3분 전에
팀장님이 갑자기 회의하자고 할 때.

사적인 일로 잔뜩 짜증이 난 상사에게
업무를 지시받을 때.

나 퇴사하려고,
조만간.

엥? 갑자기 왜?
낮에 팀장님한테
깨진 것 때문에 그래?
하루 이틀도 아니고,
좀만 참고 견뎌봐.

그놈의 견디라는 말,
그걸 더 못 견디겠다.

# 버티길

내가 가진 시간을 주고
그 대가로 한 달에 한 번 돈을 받는 행위가
버거워지는 요즘.

지금껏 잘 버텨왔으니,
지금도 잘 버텨내고 있으니,
앞으로 얼마나 더 버틸지 모르겠지만
그때까지 잘 버티길.

# 잠깐이지만
# 짜릿한 것

구인 구직 어플을 다시 다운받았다.
이미 마음은 새로운 곳에서 일하고 있다.
잠깐이지만 짜릿했다.

# 미생

뒤늦게 드라마 〈미생〉에 빠진 우리 팀장님.

"나 완전 오 차장이랑 똑같지 않냐?
일 잘하고, 정의롭고, 직원들 챙기고."

역시 사람은 자기 자신을 제일 모른다.

# 내 맘 같지
# 않은 시간

이 순간을 조금만 더 참고 버티면
조금은 여유로운 나날이 주어질 줄 알았는데.

해가 짧아질 즈음
올해 벌여놨던 일들을 차분히 마무리하고
이른 연말을 보내려 했지만
그 어느 때보다 빡빡한 업무 일정을 보니
괜히 이 마음 저 마음이 엉켜버린다.

내 맘 같지 않게 진행되는 일들 때문에
나날이 한숨이 늘어가지만
언제나 그랬듯 그러는 와중에도
예측하지 못했던 작은 기쁨들이 함께할 것이라 생각하니
내 맘 같지 않게 흘러가는 순간들도
잘 껴안아야 하지 않을까 싶다.

# 밥상머리
# 교육 좀

황정민 씨는 말했지.
스태프들이 차려놓은 밥상에
자기는 숟가락만 얹었을 뿐이라고.

팀장님은 말했지.
차려놓은 밥상 엎으며 "다시 차려"라고.

사내 강의가 시급한
밥상머리 교육.

# 3장

사춘기가 이제왔나 이제서야 진로걱정

누가아나 내적성을 어디있나 나의길은

회사옥상 올라앉아 회사건물 굽어보니

오마이갓 나의길이 이뿐인가 하였노라

정녕

이 길이

내 길인가

# 퇴직금으로
# 쳐준다면

출근 일수 832일.
퇴사 생각 93,846번.

퇴사를 생각한 횟수를
출근한 날로 쳐준다면
내 퇴직금은 임원급.

# 이 나이쯤
# 되면

이 나이쯤 되면
막연히 '뭐'가 되어 있을 줄 알았다.

올해를 일주일 남겨둔 지금,
가만 생각해보니
나는 '뭐'가 되고 싶었는지를
생각해보지 않았다.

막연하기만 했다.

# 씁쓸

돈을 버는 행위가,
내 노동에 대한 정당한 대가를 요구하는 것이
더럽고 치사해 분을 토해내면
"남들도 다 그렇게 살아"라는 말이 돌아온다.

남들도 다 힘드니까,
나만 그런 게 아니니까 참아야 하는 건가?

상대에게 분을 토해내는 나도,
다 그런 거라며 참으라는 너도,
모두가 씁쓸하다.

내가 노오오예도
아니고오오!
월급은 쥐꼬리만큼
주면서어어 일은
코끼리만큼 시키냐아아아!

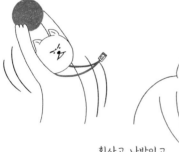

회사고 나발이고
확 때려치울까 보다!
더는 못 참아!

나가면 갈 데는 있고?
참아, 다 그렇게 산다.

# 계절

봄바람 따라 퇴사하고 싶다.
여름 더위에 지쳐 퇴사하고 싶다.
가을 파란 하늘 따라 퇴사하고 싶다.
겨울 추위 무서워 퇴사하고 싶다.

# 무슨
# 논리

"회식도 업무의 연장이니
모두 참석해."

"월급의 연장은 없으면서
무슨 논리예요?"

라고 아주 작게 말했다.

# 왜 이렇게
# 살고 있지

회사에서 제일 마음 편한 곳인
화장실로 피신했다.
화장실 문틈 사이로 멍하니 밖을 보고 있자니
그제야 계절의 뜨거움이 느껴진다.

계절과 맞바꿔 내게 남은 것은 무엇일까?
난 여기서 뭐 하고 있는 건가?

하루하루 버텨내기만 하는 요즘,
잠시 멈춰서 여름의 뜨거운 햇살도 느끼고
과거도 미래도 아닌
지금의 나를 돌보며 지내고 싶은데…….

답도 없고 철없는 소리는 그만하고
두 시간 5분만 더 버티자.

매일이 버텨내는 삶이네.

# 산

수능, 대입, 졸업, 취업 등
큰 산을 넘었다고 생각했지만

출근, 실적, 팀장님, 부장님 등
넘어야 할 산은 끝이 없다.

오늘도 난
'저기압 팀장님'이라는 산을 무사히 넘어
퇴근을 완수해야 한다.

# 짜증

회사에서 생긴 짜증
회사에서 풀어야 하는데
괜히 집에 와서 푼다.

아무 잘못 없는 우리 엄마.
미안해 죽겠다.

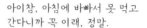

아이참, 아침에 바빠서 못 먹고
간다니까 꼭 이래, 정말.

좀 더 주무시라니까
사람 미안하게.
우리 정 여사 할머니 다 됐네.

# 회사야,
# 고맙다

평생직장 없고
수명은 길어지는 이 시대에
현실에 안주는커녕 '뭐 해서 먹고살지?'를
끊임없이 고민하게 해주다니.

회사야, 고맙다.
네 덕분에 나는
나태해질 틈이 없다.

# 고단함

왜 이리 졸린지.
열 시간 잤는데.

아, 이제야 잠 깨네.
6시 5분 전.

# 뭐래

이따금 칭찬을 들을 때면
겸손하게 한마디 하려는 나보다
반 박자 빠르게 팀장님이 말한다.

"내가 잘 가르쳐서 그런 거예요."

뭐래?

# 금요일의
# 힘

밤 10시.
평소 같으면 책 읽으며
꾸벅꾸벅 졸음과의 사투를 벌일 시각인데
이상하게 몸이 개운하다.

왜 그럴까 생각해보니
내일은 금요일.

# 한배

한배 탔다고 하셨잖아요.
우리 팀은 한배를 탄 거라고.

근데 아까 회의 시간에
왜 저만 남겨두고
다 배에서 뛰어내렸어요?

당장 배에 올라타세요.
이러는 게 어딨어요.

팀장님.
팀장님이 책임지신다고…
발표만 제가 하는 거라고
하셨잖아요.

그런데 왜… 사장님이 이거
누구 아이디어냐고
소리치셨을 때…
왜 저 쳐다보셨어요? 왜?

# 퇴사 욕구가
# 피어오를 때 하는 일

하나. 책상 여기저기에 널려 있는 서류 중
파쇄할 것과 이면지를 구분하여 정리한다.

둘. 책상 서랍 속 개인 소지품을 정리한다.

셋. 인수인계서를 작성한다.

넷. 컴퓨터 속 파일들을 정리한다.

다섯. 퇴사하는 날을 상상한다.

# 마음 추스를
# 틈도 없이

찝찝한 감정을 추스르는 데에도
시간이 필요하고

밥을 먹고 나서 소화시키는 데에도
시간이 필요한데

회사는 퇴사를 고민하는
내 마음 추스를 틈도 없이
참 한결같이 나를 괴롭힌다.

# 본전

아무리 사업을 따 와도,
매일같이 야근해도,
주말에 출근해도
한결같은 내 월급.

요즘 자꾸 본전 생각이 난다.

# 힘든 날

오늘 유독 기가 딸린다.

팀장님 한참 짜증 반복.
부장님 혼자 아재 개그.
사장님 의미 없는 조언.

# 나 빼고
# 다 출장 중

종일 아무 일도 할 수 없었다.
도저히 할 수 없었다.

나 빼고 다 출장 중.
나 혼자 행복한 사무실.

# 빈자리

떠나버린 사람과
남겨진 빈자리가
못내 아쉬웠는데

시간이 지나니
그들의 용기가,
그들의 행동이
내심 부럽다.

# 버티는
## 삶

버티는 게
이기는 거라고 말한다.

이기려고 사는 삶이
아닌데 말이다.

나무아미타불
회사관두세음보살.

지금도 이렇게 힘든데
부장님 연차만큼 버티면
퇴사할 때쯤에는 진짜 사리가
서른여덟 개 정도 나올지도
모르겠다는 생각을 했다.

# 지독하다

회사가 지독하다는 생각이 들다가도
'자꾸 튕겨 나가려는 내가 나약한 건가?'
하는 생각도 든다.

그 누구도 이 물음에
정확히 답을 내려줄 수 없고
답이 있을 거라 생각하지도 않지만
그래도 내가 나약하다기보다는
회사가 지독한 탓인 것 같다.

# 남은
# 연차

이렇게 사라지는구나.
12월 달력과 함께.

만질 수도 안을 수도 없었던
내 남은 연차여.

물거품 되어 사라지는구나.

# 연애와
# 회사

이것저것 재지 않고 하얗게 불태웠던 과거의 연애들.
결국 끝나버렸지만
계절과 함께 홀로 곱씹을 추억이 가득이다.

참고 또 참으며 불같이 일했던 회사에서의 시간들.
결국 다크서클과 회사에 대한 불신만 가득이다.
역시 성공보다는 사랑인가 보다.

# 우주

간절히 원하면 온 우주가 도와
상사에게 깨져도 정신을 차리면 된다는
그런 말이 있듯이 나의 집중을 자꾸 이렇게
분산시키려는 일들이 항상 있을 것이며
으레, 그게 무슨 새삼스러운 것도 아니고,
그런 가운데서도 나의 핵심 목표를
올해 달성해야 할 것은 퇴사이다 하는 것을
정신을 차리고 나가면
나의 에너지를 분산시키는 걸 해낼 수 있다는
마음을 가져야 한다.

feat. 파란 집 그녀

# 힘내세요

팀장님이 변했다.
표정도 안 좋고 말수도 줄었다.

"팀장님, 요즘 무슨 일 있으세요?"

"나 앞으로 뭐 해서 먹고사냐?
더 나이 들면 이 일도 못 할 텐데.
친구랑 창업할까? 기술 배울까?"

"지금 잘하고 계세요.
같이 차근차근 준비해봐요."

내가 무조건 팀장님보다 먼저 나가야 하는데.
당분간 팀장님을 잘 챙겨드려야겠다.

팀장님, 힘내세요.

김 주임,
나 회사 때려치울까?
퇴직금으로
장사나 할까 봐.
후… 닭집이나 차려볼까?

장사한다는
그런 말 하지 마세요.

음식 장사는 안 돼요.
저번에 회사 엠티 갔을 때도
고기 다 태우셨잖아요.
그 쉬운 라면 물도 못 맞추시면서
장사라니요. 회사 다니셔야죠.

# 모순

일을 떠넘기고
일을 가르쳤다고 말한다.

# 가을

어차피 퇴사할 거라면
가을을 만끽할 수 있는
지금이어야 한다.
근데 왜 난 머뭇거리고 있는 걸까?

# 좋아하는 일의
# 함정

좋아하는 일을 선택해
나보다 먼저 일을 시작했던 동생은 변해갔다.

냉혹한 현실 속에서 살아남기 위해
점점 날카로워졌다.

동생은 말한다.
그토록 좋아했던 이 일이
이제는 너무 싫다고.

좋아하는 일이 밥벌이가 되는 순간
원수 같은 일로 변해가는 아이러니.

# 하품

출근길 지하철 직장인 1,
삐져나오는 하품을 막다가
나와 눈이 마주친다.

말하지 않아도 알아요.
파이팅.

# 회식
# 후유증

저마다 술기운을 빌려
그동안 숨겨뒀던 섭섭함을 터놓으며
하하 호호 웃었다.

다음 날, 모두가 꿍해 있다.
역시 회식은 그때뿐이라는 것을 느낀다.

팀장님 파마한 거 진짜 이상하다고
말하는 게 아니었어.

시력?
갑자기 왜… 그러나?

브잔님…
시력…
많이 안 좋으셰여?

애 말려!

안경 좀 벗어보셰여.
아니이, 할 게 있어서 그래여.
벗어보셰여, 진짜 한 번만.

# 동상
# 이몽

"나랑 일하면서 많이 배우지?"

그렇게 일하면 안 된다는 걸
배우네요.

# 별로

을이 되었을 때는
전화 받는 자세부터 깨갱인데

갑이 되었을 때는
반말부터 나온다.

사람 되게 별로.

# 그거

"그거, 저번에 말한 거."
"네?"

"저번에 말한 거 말이야."
"언제요?"

"저번에."
"……."

"그거 기억 안 나?"
"어떤 거요?"

"그거 있잖아. 너 그것도 몰라? 어?"

그러는 너는
알고 나한테 묻는 거냐?

# 멈추고
# 싶지만

멈추고 싶지만
또 한 번 멈춤으로써
나약한 사람이 될까 두렵다.

# 직장인의
# 꿈

학생 때는 빨리 취업해서
돈 버는 게 꿈이었는데

지금 내 꿈은
퇴사가 되어버렸다.

꿈이 없던 제게
회사가 꿈을
안겨주었습니다.

칼퇴하는 꿈,
일한 만큼 받는 꿈,
그리고 쿨하게 퇴사하고도
세끼 걱정 없이 먹고사는 꿈.

꿈을 이루기 위한 노력,
놓치지 않을 거예요.

# 회사가
# 싫다는 것은

회사가 싫다는 것,
결국
사람이 싫다는 것.

# 저녁

"저녁 뭐 먹을래?"
"피자 시켜서 먹으면서 일할까요?"

"부장님은 피자 싫어하시잖아."
"간단하게 샌드위치는요?"

"그건 내가 싫어하잖아."
"그럼 오랜만에 분식은요?"

"그건 밥이 아니잖아.
그냥 김치찌개 먹으러 가자."

이럴 거면 묻지나 말지.

# 숫자의
노예

회사의 치사함에 질려
퇴사 생각이 피어올랐는데
통장에 적힌 숫자를 보고
순간 멈칫했다.

'조금만 더 모을까?'

아이고, 돈의 노예구나.
숫자의 노예구나.

# 말은
# 말일 뿐

"역시!", "잘했어"라는 말을 듣기 위해,
순간의 뿌듯함과 보람을 위해
계약된 시간 이상으로 에너지를 쏟아내다 보면,
그리고 그게 몇 번인가 반복되다 보면
지금 내 행동이 얼마나 허무한지를 문득 깨닫는다.

"역시"와 "잘했어"는
입 밖으로 내뱉어짐과 동시에
흩어지는 '말'일 뿐이었다.

# 하루
# 하루

어떤 날에는 견딜 만하다가
또 어떤 날에는
당장에라도 뛰쳐나가고 싶다.

그렇게 하루하루 버티며 출근을 한다.
하루살이마냥.

매일 아침, 단 하루도 빠짐없이
출근 전부터 퇴근만 생각하는
나는 참 일관성 있는 사람.

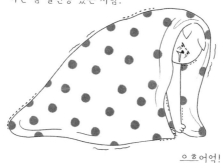

으흐어억!

# 슬럼프

뚜렷했던 목표도 꿈도
시간이 지날수록 옅어져
이제는 보이지도 않는다.

하루씩 다섯 번을 버텨
대단할 것도, 특별할 것도 없는
금요일 퇴근 시간만 바라보며 지낼 뿐.

1년 후의 내 모습조차 그리지 못하는 지금,
과연 난 잘 살고 있는 건지.

# 선택

이제 선택해야 한다.
매일 불평하며 출근할 것인지,
이 불평을 멈추기 위해 퇴사할 것인지.

# 4
## 장

버틴들 어떠하리  나간들 어떠하리

어제는 이랬는데  오늘은 못 참겠네

퇴사가 간절하다  이대론 못살겠다

사직서 작성완료  보고는 언제하지

퇴사,

드디어

카운트다운

# 망설임

사직서를 출력해서
결재판에 끼워놓기까지 했는데,
다 했는데
왜 이제 와서 망설이는지 모르겠다.

자유란 불안함과
함께 움직이나 보다.

# 지금

퇴사가 꼭 '지금'일 필요는 없었다.
몇 개월, 혹은 1년 정도
더 버티며 다닐 수 있었다.

하지만 멈춰야겠다고 생각했다.
지금이어야 한다고 생각했다.
미루고 싶지 않았다.
더는 버티고 싶지 않았다.

대책 없고 두려울지언정
어쨌든 마주해야 할 일이었다.

# 회사가
## 싫은 이유

야근 수당도 안 주면서
정시 퇴근을 "칼퇴"라 말하며
눈치 주는 이상한 논리.

주말 수당도 안 주면서
"일 많으면 주말에도 나오는 거지"라고
말하는 갑질.

시키는 대로 했더니
자기가 언제 이렇게 하라고 했느냐며
딴말하는 금붕어 상사.

업무량은 넘쳐나는데
인력 충원 없이 직원들의 희생만을 강요하는
이 조직의 잔인함.

# 불안해하지
# 않기로

내가 지금까지 내린 모든 결정은
수많은 생각을 뒤집으며 내린 최선이었다.

그래서 이제는 불안해하지 않기로 했다.

# 통쾌

언제 사직서를 내밀어야 할지
쿵쾅거리는 마음을 붙잡고
수십 번도 더 타이밍을 노렸다.

사직서를 내밀었을 때
느껴지는 개운함,
전해져오는 당혹감.

그동안의 서러움이
한순간에 통쾌함으로 바뀌었다.

# 사직서를
# 내고

사직서를 낸 오늘 세 번의 면담이 있었고,
내일도 면담이 줄줄이 남아 있지만
회사를 향한 내 마음은
품에 있던 사직서와 같이 떠나버렸다.

나가겠다고 말한 사람은 절대 붙잡지 않는다고
평소 입버릇처럼 말하던 팀장님은
날 붙잡으며 이렇게 말했다.

아깝지 않으냐고, 지금까지 고생만 했는데
이렇게 나가면 아깝지 않겠느냐고.
곧 연봉도 오르고 승진도 할 텐데
경력도 좀 더 쌓으면서 다시 한 번 생각해보라고.

하지만 이미 수백 번 생각하고 고민했던 문제라
나는 자신 있게 답할 수 있었다.
그 무엇도 아깝지 않다고.

# 따뜻한 밤

사직서를 낸 오늘,
퇴근하고 집에 돌아가 엄마와 동생에게
참 오랜만에 살갑게 대답했다.

피곤하고 지쳤다는 이유로
가장 가까운 이들에게 살갑지 못했던 내가
오늘은 그러지 않았다.

# 양보하세요

"가슴에 사표 한 장
품지 않은 직장인이 어디 있냐?
나도 항상 품고 있다."

팀장님,
가슴에 품지 말고
두 손에 양보하세요.

너만 힘드냐?
나도 마음으로느ㅇㅇ은!
하루에 수백 번 사표 낸다!
내가, 어? 쓰다 만 사직서만
모아도 《삼국지》야, 《삼국지》.

오늘도
택시 타고
들어가겠구나.

그간 고생했다며
송별회 해주겠다
하시더니.

# 의리는,
# 사랑은

의리는 친구에게,
사랑은 가족에게 바라세요.

직원한테
의리와 사랑을 바라지 마세요.

# 애매한
# 나이

"너 20대 후반이잖아.
지금 퇴사하면 애매해서 안 돼."

팀장님처럼
30대 후반에 퇴사하면 좀 나을까요?

부장님처럼
40대 후반에 퇴사하면 더 나을까요?

어차피 퇴사할 거라면
지금 할게요.

# 한 방
# 먹었네

부장님과 며칠간 이야기를 나눈 끝에
퇴사일을 확정 지었다.

부장님은 못내 아쉬워하며
오늘 점심은 늘 가던 곳이 아닌
맛집에 가자 한다.

함께 밥 먹을 날도 얼마 안 남았다며
그가 향한 곳은 다름 아닌 추어탕집.

나는 추어탕을 못 먹는데…….
왠지 한 방 먹은 것 같다.
젠장.

# 적반하장

퇴사하는 나에게 회사가 말한다.
"그동안 일 가르쳐줬더니 나가네."

남아 있는 회사에게 내가 말한다.
"그동안 뼈 빠지게 일했더니 이러네."

# 지옥

"밖은 지옥이야.
다시 한 번 생각해봐."

저 소음인이라 몸이 차요.
전쟁터보다는
지옥이 더 체질에 맞아요.

여기에 저승사자
부장님이 있고

저기에 염라대왕
전무님이 있는데

지옥이 따로 있나요?
여기가 지옥이지. ^^

# 걱정
# 마세요

애매한 경력이라며
내 걱정을 하는 척하지만
나는 안다.

내 걱정이 아니라
자신을 걱정하고 있다는 것을.

새로운 사람을 뽑고, 가르치고,
호흡을 맞추는 그 과정을 또 마주해야 하는
자신에 대한 걱정이라는 것을.

20대 후반이면 타인이 하는 말이
진심인지 거짓인지 구별할 능력은 있다는 걸
모르나 보다.

# 안절
# 부절

사무실에 앉아 있는데
몸도 마음도 참 무겁다.

마치 큰 죄를 지은 것처럼
괜히 쪼그라든다.

오늘도 안절부절.

# 그때
# 알았어야 했다

나의 동료들이 회사를 떠날 때 겪었던
그 더럽고 치사하고 잔인한 순간들이
나에게도 찾아올 거라는 걸
그때 알았어야 했다.

떠나가던 이들을
온 마음으로 안아주지 못한 것 같아
뒤늦게 마음이 불편하다.

# 말

고마우면 고맙다,
미안하면 미안하다.

이렇게 말해줬으면,
어쩌면 덜 미워했겠지.

# 면접자에게

퇴사 날짜가 정해졌고
내 자리를 대신할 이들의
면접이 이어진다.

이따금 면접자들을 마주칠 때마다
차마 말로는 전할 수 없어
눈빛으로 대신했다.

'도망쳐! 여긴 아니야!'

# 퇴사 전에
# 해야 할 것

3주는 족히 걸릴 일을 주면서
"밤을 새워서라도 1주일 안에 완료해!"라고 하더니
마감 하루 전까지도 컨펌 안 내주고
이랬다저랬다만 반복.

나조차도 이해할 수 없었던
회사의 뻔뻔한 갑질에 시달린
협력업체 담당자분들께
감사와 사과를 담은 메일을 전할 것.

# 마음의
# 여유

책 한 권 진득하게 붙잡지 못하고 있지만
그래도 두려움보다는 설렘이 가득한 나날이다.

내 삶에서 자주 오지 않을 사치스러운 결정.
하지만 그 덕에 마음의 여유가 생겼으며
타인을 이해하는 폭 또한 넓어졌다.

그래서 섭섭해하지 않기로 했다.
크게 마음 쓰지 않기로 했다.

# 모두에게
# 퇴사

퇴사는 팀장님도, 부장님도
언젠가는 마주해야 할 현실이다.

난 현실을 조금 빨리 마주했을 뿐이다.

# 아쉽다

아쉽다, 서운하다 말한다.
늦었다, 섭섭했다 말했다.

아쉽다고 말하지 마세요.
서운하다고 말하지 마세요.

제가 아쉽고 서운했던 거 글로 쓰면
책이 한 권이에요.

# 인내

나만 힘든 게 아니라는 거,
저마다 짊어진 무게로
힘들어한다는 건 안다.

그래서 참았다.
하지만 결코 참을 만해서,
참고 싶어서 참은 건 아니었다.

이러려고 주말 내내
부장님 잔업 도왔나
자괴감 들고 괴로워….

참으로 고되다.

웃차!

인내는 쓰고,

그 열매는
다른 사람이 먹는다.

# 퇴사를
# 앞두고

퇴사를 며칠 앞두고 있을 때,
친구들은 내게
시간적 여유가 많아졌으니 부럽다고 말했다.

다들 만성피로에 시달리며
하루하루 버텨내고 있으니
남는 게 시간뿐인 '곧 백수 친구'가
꽤 부럽기도 할 것이다.

시간적 여유가 많아지는 건 꽤 짜릿한 일이다.
지금껏 시간이 없어 놓쳤던 것들을
시도해볼 수 있다는 게 가장 설렌다.

# 작은
# 의리 1

팀장님이 지각할 때,
부장님이 팀장님을 찾으면
나는 이렇게 말했다.

"거래처 들렀다가
오신다고 했어요."

밉지만,
그래도 의리는 지키고 싶었다.

# 작은
# 의리 2

팀장님은 오늘도 부장님에게 깨진다.

"일 똑바로 안 해?"

"만날 새벽까지 일하는데
어떻게 똑바로 하겠어요?"

이렇게 대신 답해드렸다.

속으로.

# 아쉬운 거
# 맞나요

"정리 잘하고 있어?"
"네"

"인수인계서 잘 쓰고."
"잘 썼어요."

"아쉽네.
아 참, 네 모니터에 덕지덕지 붙인 거,
그것도 좀 정리해."
"왜요?"

"네 모니터 내가 쓰게.
이참에 듀얼로 쓰려고."

팀장님, 아쉬운 거 맞죠?

# 베스트
# 타이밍

"다음 주 토요일에 등산 간다.
한 사람도 빠짐없이 참석해."

이내 일그러지는 직원들의 표정.
그 속에서 환호하는 나.

나 이번 주에 퇴사하는데!

# 파쇄기

책상과 서랍 구석에 숨겨놨던 종이들을
한데 모아 파쇄기에 넣었다.

조각난 종이들을 보고 있자니
이게 다 돈이면 얼마나 좋을까 싶다.

이게 다 돈이면
퇴사 날까지 기다릴 것도 없이
돈다발을 뿌리며 회사를 나갈 텐데.

이렇게 혼자 상상하다가
이내 정신을 차렸다.

퇴사 날까지 열심히 다니면서
내 노동의 대가를
10원도 빠뜨리지 않고 챙겨야지 싶었다.

10원도.

# 선택지

애초에 직원의 선택지는 많을 수가 없다.

내 선택은 회사의 선택에 의한 선택이 되었고,
행여 내가 원하는 안을 택하는 순간
남은 것들은 내 동료가 떠안게 되었다.

그러니 고작 한두 개의,
철저히 회사에 의해 주어진 선택지를 택할 수밖에.

저희 팀이 다 하겠습니다.
박 대리, 김 주임 실력이면
하루면 충분합니다.
아니, 세 시간이면 하지요.
하하하.

저기, 부장님?
저 내일 경쟁 PT 있는데요?

…후.

우리 사랑하는 팀원들,
난 자네들 믿네!!

# 지하철


'출근도 이제 몇 번 안 남았네.'

지난날의 추억들을 떠올리며 출근하고 있는데
건너편 출입문에 비친 낯익은 얼굴.

팀장님.

옆 칸으로 옮겼다.

# 신입에게

TV 보지 마세요.

드라마에 나오는 회사는
현실에 존재하지 않습니다.

드라마에 나오는 존경할 만한 상사는
현실에 존재하지 않습니다.

TV를 *끄*세요,
지금 당장.

환상을 갖지 마세요.

# 마지막
# 점심

"뭐 먹고 싶어?"
"파스타요."

퇴사 날, 차를 나눠 타고
다 같이 점심을 먹으러 갔다.

마지막 점심이라는 사실에
마음이 뭉클해졌다.

"아, 느끼해."
"김치 없나?"
"어우, 못 먹겠다."

아, 역시 '뭉클'은
회사와 어울리지 않는 단어다.

# 송별회

섭섭했던 순간들을 뒤로하고
'마지막 날'이라는 꽤 괜찮은 핑계 덕에
우리는 처음이자 마지막으로
진심이 담긴 응원의 말을 주고받았다.

미련도, 아쉬울 것도 없었다.

# 5
## 장

백수가 좋다하나 월급이 좀그립고
불안함 가득하나 이제좀 살것같다
행복이 이맛이네 왜여직 몰랐을고
이럴줄 알았으면 퇴사좀 일찍할걸

# 또 다시

# 백          수

# 라 이 프

# 낯설다

퇴사하고 욕이 줄었다.
마치 처음부터
욕 같은 건 몰랐던 것처럼.

# 국민연금
# 우편물아

너는어찌 알았느냐
이미내가 퇴사한걸

재빠르게 보내다니
부지런히 일잘하네

당분간은 세금못내
나를그만 잊어다오

# 기대어

회사에 적당히 기대어 살다가
나 자신에게 온전히 기대어 산다.

가끔은 벅차고
가끔은 무겁다.

살이라도 빼면
좀 가볍게 살 수 있을까?

# 습관

자꾸 눈이 떠지는 시각,
지금은 6시 11분.

배가 반응하는 시각,
지금은 11시 55분.

마음이 초조해지는 시각,
지금은 5시 55분.

출근도, 점심도, 퇴근도,
이제 놓아줘야 해.

# 나를 알아가는 시간

안 해봐서 그렇지
일단 하기만 하면 잘할 줄 알았는데…….

회사에 치여 그동안 배우지 못했던 것들을
경험해보니 이제야 알겠다.
'내가 생각하는 나'와 '진짜 나'는
간극이 꽤 크다는 것을.

네 시간 동안 꽃 케이크를 만들어
가족들에게 보여준 뒤에야 나는 깨달았다.

'아, 이 길은 내 길이 아니구나.'

하나둘 선택지를 지워나가며
나를 알아가는 시간.

feat. 빈말을 모르는 가족

# 채우며
# 비우며

여백이 가득한 일상,
여백이 보이는 통장.

경험을 조금씩 채우며,
퇴직금 조금씩 비우며.

그렇게 어제도 오늘도,
조금씩 채우며 비우며.

# 이제는
# 당당히

이제는 겁먹지 않으리.
이제는 당당히 맞으리.

내일은 월요일.

# 9층
# 처자

출근 시간이 한참 지나서야 외출하는
9층 처자가 걱정되었는지
동네 할머님들은 나를 볼 때마다
어디에 가느냐고 물으신다.

한때는 나더러 손자며느릿감이라 하시더니
지금은 백수·한량처럼 보이는지
손자며느리 후보에서 제외하신 듯한 눈빛.

이제 결혼은 포기해야 하는 걸까?

# 출근하지
# 않는다는 건

출근하지 않는다는 건
회사 에어컨에 익숙해져 몰랐던
계절의 온도를 즐길 여유를 갖게 되는 것.

콧노래를 흥얼거리며
미친 사람처럼 웃으면서 샤워할 수 있게 되는 것.

회사에 갇혀 있느라 몰랐던
타인의 일상을 감탄하며 즐기게 되는 것.

비 오는 날, 종아리에 날아든 빗물과 흙마저도
웃으며 털어낼 수 있게 되는 것.

평소 같았으면 욱했을 상황이 닥쳐도
아무렇지 않게 넘길 수 있는 여유를 갖게 되는 것.

순간순간 이유 없이 실실 웃게 되는 것.
칙칙했던 피부마저 환해지는 것.

# 후임

퇴사 후 회사 동료와 연락을 주고받는데
내 후임으로 들어온 직원이 꽤 예쁜지
요 며칠 팀장님이 싱글벙글이라는 소식을 들었다.

한 달 후,
그 예쁜 직원이 일을 너무 못해
요 며칠 팀장님이 부글부글이라는 소식을 들었다.

3개월 후,
그 예쁜 직원이 싸가지도 없어
팀장님은 말도 섞고 있지 않는다는 소식을 들었다.

나는 소리 내어 웃었다.

# 내일
## 뭐 하지

백수가 되고 매일 잠들기 전에 하는 생각.

'내일 뭐 하지?'

24시간을 오롯이
나만의 시간으로 채우는 것은
생각보다 달콤하지 않다.

퇴사를 앞두고는
'이것도 하고 저것도 배워야지'라고 생각했는데
이제는 덜컥 많아져버린 시간에 겁이 난다.

# 산책

길을 걷다가 가만 생각해보니
요즘 돈을 향한 욕망만이
가득했다는 것을 깨달았다.

'결국 돈인 건가' 생각하며
벤치에 잠시 앉았는데
새소리가 들리고,
봄볕이 느껴지고,
초록 나무가 보인다.

아, 이것 때문에 퇴사했는데
왜 그동안 이 시간을
욕망하지 않았던가.

# 녹이는 중

이따금씩 장애물에
넘어지고 좌절해도

작은일에 감사하고
작은일에 감동하며

회사에서 키워왔던
냉정함과 날카로움
이제서야 녹이는중

# 명함

회사에 다닐 때는 명함 쓸 일도 없더니
퇴사하고 나서야 명함을 주고받을 일이 생긴다.

그때는 그 작은 종이 한 장으로
나를 간단히 소개할 수 있었는데,
이제는 그 작은 종이 한 장이 없어
구구절절 나를 소개해야 한다.

저마다 명함을 든 사람들 속에서
책상 서랍에 쌓여 있던 옛 명함이 새삼 생각나지만
뭐, 이것도 괜찮지 않을까?

종이 한 장에 담지 못했던
진짜 나를 소개할 수 있으니.

# 회사 탓

내가 살찌는 건 모두 회사 탓인 줄 알았는데
어제 퇴사하고도 살이 꾸준히 찌는 걸 보면
꼭 회사 때문만은 아니었지 싶다.

하지만 지금도 살이 찌는 건
회사에서 굳어진 습관 때문이다.

회사를 나왔어도 다 회사 때문이다.

# 회사 탓
# 2

오랜만에 만난 지인이 물었다.

"회사 생활이 많이 힘든가 봐?
얼굴이 말이 아니네."

나 퇴사했는데…….
퇴사한 지 5개월 됐는데.
마음 편히 잘 지내는데.
지금 얼굴이 최상인데.

퇴사하면 얼굴 좋아진다던데
이제는 회사 탓할 명분도 사라졌다.
어쩌지.

# 나를 위한
# 시간

백수가 되었고 시간은 넘친다.
일을 위해서 썼던 에너지를
오롯이 나를 위해서만 쓴다.

생각보다 마냥 달콤하지는 않지만
넘치는 시간 속에서
그동안 놓쳤던, 몰랐던 나를 알아가고 있다.

울타리 안에서 느낀 안정감과
월급을 내려놓은 대신
약간의 불안정함과 진정한 나를 가졌다.

# 불안

뭐라도 해야 할 것 같은,
계속 이렇게 하는 것 없이
시간을 써도 될까 하는 불안감.

에이, 아무것도 안 하면 어때?
왜 자꾸 뭘 해야 하는 거지?

내가 기계도 아니고,
꼭 생산적인 일만 해야 하나.

게으름 만세!
게으를 권리도
보장해달라!

이렇게 날씨 좋은 날
나와서 바람도 좀 쐬고
낮잠도 한숨 자고,
그래야 사람이지.

## 시간이
## 약이라더니

"내가 진짜 우리 팀장 때문에!"
"야, 우리 차장 진짜 최악이야!"

저마다 상사 욕하기에 바쁜 지금,
그 누구보다 열정적이었던 나의 입술이
움직일 생각을 안 한다.

'우리 팀장님이 나빴었나?'

시간이 약이란 말은 진짜였나 보다.

feat. 퇴사 6개월째

# 근황

근근이 살아가고 있습니다.

회사에 다닐 때는 옷 사기에 바빴는데
이제 더 사지 않아도
몇 년은 족히 입을 만큼의 옷이 옷장에 있고

만 원이 소중해
몇 번이고 고민하다가 쓰는 삶이지만
허튼 곳에 쓰지 않으며
근근이 잘 살아가고 있습니다.

# 아니

퇴사하고 반년이 넘어가니
저마다 묻는다.

"다시 돌아가고 싶지 않아?"

"아니."

"후회하지 않아?"

"아니."

# 만 원

회사에 다닐 때는
한 시간 동안 아무 일을 안 해도
돈을 벌 수 있었는데,
이제는 마음먹지 않으면
만 원도 벌기 어렵다.

'만 원 버는 게 이렇게 어렵구나'를
온몸으로 느끼면서 드는 생각.
왜 회사에서 좀 더 열심히
땡땡이치지 않았을까?

# 평범한
# 사람

평범한 회사원에서
평범한 사람이 되었을 뿐.

무모할 것도,
대단할 것도 없다.

# 대출
# 전화

귀신같이 걸려오네
백수인걸 어찌알고

한사코 사양해도
돈빌려 준다하네

그냥줄거 아니면
전화하지 마세요

괜찮아요 아직은
으스대며 끊었네

feat. 그런데 이자가 얼마라고요?

# 나만의 속도로
# 사는 중

저만치 앞서가는 친구들 틈에서
부딪히고 넘어지고
좌절하고 실패하며
씩씩하게 꿋꿋하게
나만의 속도로 사는 중.

근데 얘들아, 월급날이 언제라고?

# 퇴사를 꿈꾸는
# 이에게

마음이 흔들릴 때 위로가 되어줄
넉넉한 통장을 만들어놓을 것.

퇴사 이후의 삶, 백수의 일상에
판타지를 갖지 말 것.

# 회사
# 밖에서의 삶

나 하나 그만둬도 회사는 잘 굴러가고,
나 하나 백수 돼도 세상은 잘 굴러간다.

회사 밖은 지옥이라더니
나와보니 회사 안이 지옥이고,

생각했던 것보다 걱정 없고,
생각했던 것보다 살 만하다.

그 사원증,
인도양 한가운데에
던져주세요!

퇴사 만세 ♪

고작 사원증
하나 벗었을 뿐인데,
몸이 가벼워서
날아갈 것만 같다.

Q&A

## Q. 퇴사는 왜 했어요?

A. 사실 일은 꽤 잘했어요. 나름 인정도, 예쁨도 받았고.
그런데 어느 날 억울하다는 생각이 들더라고요. 저녁, 주
말 반납하고 일을 하는 게 당연시되는 것도 싫고, 일한
만큼 보상받지 못한다는 생각도 들었고요. 무엇보다 일
이 재미없었어요. 재미로 일하는 사람이 몇이나 되겠느
냐마는 처음에는 재미있었던 일들이 시간이 지나니 너
무 재미없더라고요. 다른 일을 해보고 싶은 마음만 자꾸
커져서 6개월 유예기간을 두고 생각해봤죠. 사실 버티려
면 더 버틸 수 있었고, 반드시 퇴사해야 할 만큼 뭔가 대
단하고 엄청난 이유는 없었지만 그냥 회사에서 보내는
시간이 아깝더라고요. 적지만 당분간 백수로 버틸 만큼
의 돈도 있었고, 그래서 퇴사했습니다.

246

# Q. 퇴사하니까 좋아요?

A. 사실 퇴사일을 정해놓고 백수 생활을 계획하는 게 더 좋았어요. 원래 여행지에 가는 것보다 여행을 계획하고 떠나는 날을 기다리는 게 더 좋잖아요. 퇴사하면 하기 싫은 일을 억지로 하지 않아도 되고, 또 회사에서 겪었던 자잘한 감정들을 다시 겪지 않아도 되어서 좋지만 약간의 불안감과 초조함을 겪어야 하기 때문에 마냥 좋다고는 할 수 없어요. 뭐든 양면성이 있으니까요. 그래도 좋은 게 더 커요.

## Q. 퇴사하고 가장 힘들었던 적은 언제였나요?

A. 혼자서 밥벌이를 해보고자 다양한 일을 경험해봤는데 무슨 일을 하든 1부터 10까지 모든 일을 저 혼자 처리해야 하더라고요. 그 과정에서 예상치 못했던 문제가 생기고, 그것들을 온전히 제 힘으로 해결해야 할 때가 가장 힘들었던 것 같아요. 회사에 다닐 때는 팀장님이나 회사라는 울타리가 있었는데 그 울타리가 없는 상황이었으니까요. 그래도 시간이 좀 지나고 경험이 쌓이다 보니 내가 더 단단한 사람이 된 느낌이 들더라고요. 한 뼘 더 성장하는 시기였던 것 같아요. 그것 외에는 이따금씩 찾아오는 불안함과 초조함 때문에 조금 힘들었어요.

## Q. 외롭지는 않나요?

A. 백수는 굉장히 외로워요. 회사에 있으면 컴퓨터를 붙잡고 있어야 하니까 겸사겸사 친구들이랑 카톡으로 수다도 떨고, 동료와 농담도 했거든요. 뭐, 바쁠 땐 외로울 틈도 없이 일했지만요. 처음 백수가 되었을 때는 취업 준비생이었던 친구들도 많아 덜 외로웠는데 다시 백수가 된 지금은 친구들이 모두 직장인이라 많이 외롭습니다.

## Q. 퇴사한 것을 후회하나요?

A. 퇴사를 후회하지는 않아요. 충분히 생각하고 내린 결정이니까요.

# Q. 친구가 퇴사를 고민한다면?

A. 처음에는 "그래, 하고 싶은 일이 있으면 퇴사해보는 것도 괜찮지"라고 했어요. 하지만 시간이 지나니 이것저것 많이 묻게 되더라고요. 퇴사 후 어떤 삶을 그리는지, 왜 퇴사를 하고 싶어 하는지, 업무 문제인지 인간관계 문제인지 그것도 아니면 회사 문화가 문제인지, 수입이 없어도 버틸 수 있을 만큼 돈은 모았는지, 안정감을 내려놓고 불안함 속에서 버틸 수 있는 성향인지 등 친구에게 계속 질문을 해요.

사실 저는 퇴사를 통해서 '판'을 바꿔본 입장이지만, 퇴사 이후의 삶이 장밋빛만은 아닌 것을 아니까 그 전에 자신에게 충분히 질문해보는 게 좋다고 생각해요. 어쩌면 퇴사 후가 회사 생활보다 더 힘들 수도 있거든요. 자신에게 많이 질문해보고 답을 얻었다면 친구가 어떤 결정을 하든 응원해줍니다.

## Q. 다음 직장을 선택하는 데에
## 가장 우선순위에 둘 조건은
## 무엇인가요?

A. 밥벌이는 좋아하는 일 말고 잘하는 일을 해야 한다고 생각했는데, 막상 회사에 다녀보니 잘하는 일을 하면 인정은 받겠지만 오래 하기는 힘들겠더라고요. 그래서 일도 재미있으면서 나의 '업'이 될 수 있는 직업을 찾아보려고요. 지금껏 회사에서 해왔던 일들이 제게 아무 도움이 안 된 것은 아니지만 회사를 그만두고도 제 밥벌이가 되어줄 일들은 아니더라고요. 혼자 해도 오롯이 제 밥벌이가 되어줄 수 있는 일을 해보고 싶어요.

대학교 3학년을 마친 겨울의 어느 날, 나는 아무런 계획도, 뚜렷한 이유도 없이 휴학 신청을 했다. 왠지 1년은 쉬어야 할 것 같았다. 이대로 졸업하면 억울할 것 같았다.

3개월 동안 아르바이트해서 모은 돈을 들고 나는 훌쩍 미국으로 떠났다. 내가 머무른 곳은 대도시도 아니어서 정말 할 일이 없었고, 내게 면허증은 신분증 그 이상도 이하도 아니었던 터라 그나마도 마음껏 돌아다니지 못했다. 목적을 가지고 떠난 것은 아니었지만 정말 심심한 시간이었다. 아침에 일어나 공원을 한 바퀴 돌며 반려견과 함께 산책 나온 사람들과 어색한 "hi"를 주고받고, 놀이터에서 뛰노는 유치원생과 체육 수업을 받고 있는 고등학생을 바라보다가 숙소로 돌아와 노트와 펜을 챙겨 다운타운에 있는 작은 커피숍에 간다.

발음이 제일 쉬운 카푸치노와 베이글을 주문해놓고 딱히 하는 것 없이 시간을 보내다가 근처 대학 도서관, 캠퍼스를 구석구석 돌아다니고, 힘들면 벤치에 앉아서 잔디에 누워 있는 학생들을 구경했다. 그리고 날이 저물기 전에 다시 걸어 돌아와 TV를 보며 하루를 마무리하는 게 그곳에서의 내 일상이었다.

그렇게 평온한 하루를 보내면서도 이따금 '남들은 지금 토익이며 취업 준비를 하고 있는데 난 이렇게 아무것도 안 하며 지내도 괜찮을까?'라는 생각이 들었지만 어차피 졸업하면 평생 밥벌이를 해야 하는 것에 반해 지금 이 시 간은 다시 오지 않을 것이라고 생각하며 그렇게 아무것 도 하지 않으며 시간을 보냈다.

두 번의 회사 생활을 거쳐 두 번째 백수 생활 중인 지금, 이따금 5년 전 그때가 떠오른다. 때로 '다들 직장에서 자 기 몫을 해내며 돈을 벌고 있는데 난 아무런 대책 없이 이렇게 시간을 보내도 되는 걸까?'라는 생각이 들기도 하지만 5년 전 그때의 시간 덕에 나는 '그래도 된다'라고 자신에게 답해주며 여전히 하는 일 없이 그렇게 시간을 보내고 있다.

나는 하는 일 없이 보내는 시간이 얼마나 큰 힘을 가지고 있는지 알고 있다. 이따금 회사 생활에 지쳐 한숨지을 때면 아무것도 하지 않았던 그때의 기억을 떠올리는 것만으로도 위로가 되었다.

만약 지금 당신이 회사를 쉬고 있다면, 지금 하는 일 없이 보내는 시간이 훗날 고된 일상에 찰나의 위로가 되어 줄 것이다.

지금도 훗날에도, '지금'은 가장 좋은 때이다.

# 회사가
# 싫어서

ⓒ 너구리, 김혜령 2017

2017년 1월  9일 초판 1쇄 발행
2019년 4월 30일 초판 3쇄 발행

글 | 너구리
그림 | 김혜령
발행인 | 이원주

발행처 | (주)시공사
출판등록 | 1989년 5월 10일(제3-248호)

주소 | 서울시 서초구 사임당로 82(우편번호 06641)
전화 | 편집(02)2046-2896 · 마케팅(02)2046-2846
팩스 | 편집 · 마케팅(02)585-1755
홈페이지 | www.sigongsa.com

ISBN 978-89-527-7762-1   03810